Augustin de Malarce

Les services d'épargne populaire

Antigonos

Augustin de Malarce

Les services d'épargne populaire

Réimpression inchangée de l'édition originale de 1879.

1ère édition 2024 | ISBN: 978-3-38818-841-6

Antigonos Verlag est une marque de Outlook Verlagsgesellschaft mbH.

Verlag (Éditeur): Outlook Verlag GmbH, Zeilweg 44, 60439 Frankfurt, Deutschland, info@outlook-verlag.de
Vertretungsberechtigt (Représentant autorisé): E. Roepke, Zeilweg 44, 60439 Frankfurt, Deutschland
Druck (Imprimerie): Libri Plureos GmbH, Friedensallee 273, 22763 Hamburg, Deutschland

A. DE MALARCE

LES SERVICES

D'ÉPARGNE POPULAIRE

Caisses d'épargne

Caisses d'épargne scolaires, Bureaux d'épargne

des manufactures et ateliers

Extrait de la REVUE GÉNÉRALE D'ADMINISTRATION

(Livraison d'avril 1879)

PARIS

BERGER-LEVRAULT ET Cⁱᵉ, LIBRAIRES-EDITEURS

5, RUE DES BEAUX-ARTS, 5

MÊME MAISON A NANCY

ET A LA LIBRAIRIE GUILLAUMIN ET Cⁱᵉ

14, RUE RICHELIEU, 14

1879

Les personnes qui désirent des informations sur les Institutions de Prévoyance peuvent écrire ou s'adresser à M. de Malarce, secrétaire perpétuel de la Société des Institutions de Prévoyance de France.

Le secrétariat est ouvert tous les jours à une heure, 44, rue de Rennes.

LES

SERVICES D'ÉPARGNE POPULAIRE

———

**Caisses d'épargne, Caisses d'épargne scolaires, Bureaux
d'épargne des manufactures et ateliers**

———

Depuis cinq ans, nos Caisses d'épargne françaises sont entrées dans une voie de progrès sans précédent ; elles ont amélioré leurs procédés, multiplié les heures et les lieux d'opération, adopté de nouveaux services ; et par là, comme aussi par la propagande que la presse, dans une action étonnamment unanime, a faite à l'occasion de ces réformes, elles ont, en moins de cinq années, rallié plus d'un million de nouveaux déposants, et accru le stock des épargnes d'un demi-milliard de francs.

Avant 1870, à partir de la dernière loi organique, du 30 juin 1851, le nombre des déposants s'était étendu de 611,037 en 1852, à 2,130,768 en 1870, par une progression annuelle moyenne de moins de 90,000 déposants dans le cours de cette période de dix-huit années ; et le stock des dépôts s'était élevé de 158 millions de francs à 720 millions, par une progression annuelle de moins de 32 millions de francs. A la suite de la guerre de 1870-1871, la clientèle se trouvait naturellement amoindrie ; elle n'était plus que de deux millions de déposants, et elle reprenait lentement en 1872 : 2,016,552 ; 1873 : 2,079,196 ; 1874 : 2,170,066. Mais à partir de 1875, le progrès s'accentue par une progression annuelle de deux cent mille, deux cent soixante-dix mille, trois cent mille nouveaux déposants. Au 31 décembre 1875 : 2,356,567 déposants ; 1876 : 2,625,209 ; 1877, près de trois millions de déposants. De même, le stock, réduit après la guerre à 515 millions de francs en 1872, se relevait faiblement à 535 millions en 1873 et à 573 millions en 1874 ;

mais à partir de 1875, il monte, par cent millions de francs, à 660 millions le 31 décembre 1875 ; à 769 millions en 1876 ; à 862 millions en 1877, et à près d'un milliard en 1878.

C'est que depuis 1874 il s'est fait en France une véritable campagne en faveur de l'épargne populaire : la presse s'est unanimement donnée à cette tâche ; en s'éclairant et s'autorisant des expériences des pays les plus avancés dans cette voie, elle a déterminé ainsi un courant d'opinion qui a pénétré presque toutes les administrations des Caisses d'épargne d'une part, et d'autre part un grand nombre de familles ouvrières. Les Caisses d'épargne, trop souvent endormies dans leur isolement local, se sont réveillées à ces appels pour écouter les conseils de la science expérimentale, et mettre en œuvre les améliorations qu'on signalait à leur intelligence du bien et à leur dévouement public ; c'est ainsi que librement, par leur franche et pure volonté de servir un grand intérêt social, elles ont favorisé l'organisation et le fonctionnement de plus de huit mille Caisses d'épargne scolaires, ces pépinières de futurs clients fructueux, ces agences immédiates de propagande. Plusieurs ont rendu leurs séances quotidiennes ; la plupart ont simplifié leurs procédés d'opération en adoptant des formes moins coûteuses et plus faciles au public ; quelques-unes ont multiplié leurs bureaux par des succursales ; et mettant à profit le décret du 23 août 1875, 59 Caisses d'épargne, réparties sur 42 départements, se sont donné comme auxiliaires 435 percepteurs ou receveurs des postes, desservant 2,545 communes. Bien que ce décret de 1875 mérite une meilleure fortune encore, et sans rechercher d'abord ici les causes qui ont pu rendre nos Caisses d'épargne timorées à l'égard du service des postes, si précieux pourtant par son ubiquité, sa permanence et sa sûreté, nous devons reconnaître, en somme, que depuis cinq ans les administrations locales de nos Caisses d'épargne ont fait en général leurs bonnes preuves, et nous pouvons croire que bientôt elles mériteront toutes, sans exception ni réserve, la reconnaissance comme la confiance du peuple. L'exemple des meilleures décidera les plus arriérées, et d'autant que les améliorations, qui servent si bien les mœurs et la fortune du peuple économe, servent aussi la fortune même des Caisses d'épargne.

En effet, si l'on met à part une Caisse d'épargne qui se trouve depuis une vingtaine d'années dans une situation exceptionnelle, et que par ce motif il conviendrait de séparer absolument dans le compte général des Caisses d'épargne de France, on voit que l'ensemble des autres

Caisses d'épargne, avec une modique retenue de 25 à 50 centimes p. 100 pour frais administratifs, couvrent leurs dépenses ; et que depuis 1875, malgré un notable surcroît de dépenses pour les améliorations de service, le boni, l'excédant de la recette normale, de la retenue, sur la dépense, a été bien plus considérable qu'auparavant :

	Produit de la retenue.	Dépense.		Boni.
Ainsi en 1872.	1,744,957ᶠ	1,686,283ᶠ	=	62,674ᶠ
1873.	1,720,154	1,686,868	=	33,286
1874.	1,811,543	1,783,894	=	27,649
1875.	1,998,799	1,909,972	=	88,827
1876.	2,332,080	2,117,006	=	215,074

Dans cette heureuse voie de progrès, où presque toutes nos Caisses d'épargne marchent si bien satisfaites de leur bonne administration, comme du service rendu au peuple, et sont par conséquent disposées à s'améliorer encore, il peut être utile de rappeler les principes et les règles, afin que leurs efforts soient dirigés suivant l'esprit et dans les conditions régulières de leur institution ; afin que nous soyons éclairés et prémunis, au besoin, par l'expérience des autres pays, qui peut et doit assurer notre marche.

I.

La Caisse d'épargne est une des institutions publiques destinées à favoriser les habitudes de prévoyance dans les classes laborieuses, parmi les ouvriers, les artisans, les domestiques et les autres travailleurs à modiques revenus.

La Caisse d'épargne est uniquement fondée sur cet intérêt public ; elle exclut donc toute idée de profit de la part des administrateurs qui apportent à la direction de tels établissements le concours généreux de leur expérience administrative et de leur garantie ; mais, d'autre part, la Caisse d'épargne n'est pas un service d'assistance : le déposant paie la totalité, ou au moins la plus grande partie des frais d'administration, au moyen d'une retenue opérée par la Caisse d'épargne sur l'intérêt des sommes déposées.

La fonction de la Caisse d'épargne peut se définir ainsi :

Recevoir en dépôt les petites épargnes par des bureaux mis le mieux possible à la portée des épargnants ;

Conserver ces dépôts sous la plus haute garantie possible ;

Les faire valoir au seul profit des déposants ;

Et rendre, dans le plus court délai possible, à toute demande du déposant ou ayant droit, le capital accumulé et l'intérêt produit, sauf une retenue pour les frais administratifs.

Ainsi, facilité pour l'ouvrier de mettre aisément à l'abri, en les sauvant du gaspillage journalier, les menues sommes dont il peut se former une réserve pour des besoins sérieux plus éloignés ; — sûreté du dépôt ; — fructification de l'épargne, qui produit ainsi de l'argent comme le fait le travail ; — et retrait toujours possible des sommes épargnées, telles sont les quatre vertus cardinales de la Caisse d'épargne.

Dans son bienfait économique et moral, la Caisse d'épargne stimule l'ouvrier à faire des économies, c'est-à-dire à retenir ses dépenses au-dessous de ses recettes ; à vivre laborieux, sobre, rangé, dans une pensée de sage prévoyance.

L'ouvrier apprend ainsi à régler sa vie, en ordonnant sa dépense, en aménageant ses ressources. Ce n'est point là le sentiment égoïste, aveugle et bas de l'avare, mais au contraire un sentiment élevé, éclairé, et qui naît d'un louable respect de soi et souvent aussi du dévouement. C'est le citoyen qui veut suffire lui-même à son existence sans tomber à la charge de la société ; c'est le travailleur qui aspire à améliorer sa condition par le travail et l'ordre, par la vertu ; c'est le père de famille qui s'efforce, par affection autant que par devoir, d'assurer le bien-être de sa famille, et d'accroître ce bien-être.

La Caisse d'épargne aide l'ouvrier à éviter les dépenses futiles, malsaines ou immorales ; par là, l'ouvrier ne sauve pas seulement son argent, mais il se sauve lui-même du désordre, de la débauche et de ce qui s'ensuit, misère, vice, et peut-être crime. On a constaté, en effet, dans les établissements pénitentiaires, qu'un très-petit nombre de détenus avaient des livrets de Caisse d'épargne.

Et les petites sommes, sauvées par la Caisse d'épargne, forment par leur accumulation un précieux capital ; et ce capital, ainsi créé, est toujours à la disposition du déposant, qui peut à sa volonté le retirer pour en faire emploi, soit pour parer à un chômage ou à quelque autre dépense accidentelle ; soit pour subvenir à une dépense prévue importante, loyer, vêture, approvisionnements d'hiver, fonds d'un petit établissement industriel ; soit enfin pour placer le capital en une petite propriété, ou en des valeurs publiques plus productives que ne peut l'être le placement des petites économies naissantes à la Caisse d'épargne.

On le voit, la Caisse d'épargne n'est pas une banque, une banque faisant valoir des capitaux, mais un réservoir où s'amassent des gouttelettes pour former du capital ; aussitôt que le capital est formé, l'épargnant doit le retirer, et il le retire, en réalité, de la Caisse d'épargne pour l'utiliser lui-même. Les statistiques montrent, en effet, que les sommes déposées à la Caisse d'épargne sont retirées par les déposants dans un délai assez court, en moyenne deux ans et demi.

Ainsi, la Caisse d'épargne ne fait pas concurrence aux banques ordinaires, ni même à aucune des autres institutions de prévoyance. Bien au contraire, elle est l'usine où s'élabore la matière première des banques et des institutions de prévoyance. Et ce n'est pas seulement le capital qui est ainsi formé, mais l'ouvrier économe fait là son éducation de capitaliste et d'administrateur : en s'initiant aux pratiques de la vie économique sagement réglée, à la comptabilité par le livret, qui apprend à l'homme à se rendre compte de ses actes jour par jour ; en se familiarisant avec les placements de tout repos, avec les rentes d'État par la faculté dont jouit tout déposant de faire transformer sans frais et sans embarras son dépôt en titres de rentes ; en s'éclairant enfin sur les conditions essentielles de toute institution de prévoyance ; de telle sorte qu'on a pu dire que la Caisse d'épargne est l'école primaire de l'ouvrier dans la vie économique, le premier degré des institutions de prévoyance.

Tel est l'esprit de l'institution des Caisses d'épargne, d'où doivent dériver les règles d'organisation.

Organisation générale. — L'organisation a varié beaucoup, et dans tous les pays, depuis l'origine et même depuis la loi anglaise de 1817, qui a été la première loi organique de l'institution et a servi de premier type à toutes les Caisses d'épargne du monde.

L'organisation est aujourd'hui très-différente d'un pays à l'autre ; et dans le même pays, elle se présente même sous deux ou trois formes. On ne saurait dire que ces divers systèmes sont l'effet des mœurs diverses des peuples ; parties presque toutes du système de la loi anglaise de 1817, les Caisses d'épargne des divers pays se sont modifiées çà et là sous des influences accidentelles, tantôt à la suite d'abus administratifs ou de révolutions politiques, tantôt par l'action plus heureuse d'hommes d'État ou de science, serviteurs dévoués et ingénieux du progrès. Ainsi, en Angleterre, certaines imperfections constatées ont donné lieu à des réformes successives de la loi de 1817 ; et en 1861, à la suite de certains désordres d'administration intérieure qui s'étaient produits dans quelques établissements, une loi nouvelle a créé, à côté des 600 Caisses d'épargne alors existantes, une Caisse d'État, servie par plus de 5,000 bureaux de poste.

Ces améliorations anglaises et leurs résultats considérables ont éveillé dans le monde entier un sérieux intérêt. Un grand mouvement, qui rappelle, mais avec plus d'étendue et de puissance encore, le mouvement de 1818, s'est ainsi produit partout dans ces dernières années en faveur des institutions d'épargne populaire ; on s'est livré à de savantes études comparées sur les législations, les procédés et les faits des divers pays ; et dans ce moment les Caisses d'épargne tendent partout à se perfectionner suivant les mêmes modèles, en adoptant les règles et les méthodes que l'expérience des peuples les plus avancés a fait reconnaître les meilleures. C'est ce qui s'est fait dans ces dernières années en Angleterre, en Belgique, en Hollande, en Italie et en France.

L'intérêt de ces efforts peut s'apprécier par ces chiffres Dans la partie civilisée de l'Europe, comprenant 210 millions d'habitants, on compte aujourd'hui 14 millions de déposants et une somme de dépôts valant plus de 8 milliards de francs.

L'Angleterre qui, en 1860, avant sa loi de 1861, n'avait encore que 1,600,000 déposants et un milliard de francs de dépôts, compte aujourd'hui 3,300,000 déposants et 1,827 millions de francs.

La France, en 1874, avant les améliorations dont nous parlerons ci-après et qui datent de l'influence des Caisses d'épargne scolaires, n'avait que 2,100,000 déposants et 535 millions de francs de dépôts ; elle compte aujourd'hui plus de 3 millions de déposants et plus d'un milliard de dépôts. La France (37 millions d'habitants) est sans doute encore beaucoup en arrière de l'Angleterre (33 millions d'habitants); mais on peut dire que depuis 1874 elle est entrée dans une bonne voie, et par une progression sans précédents dans l'histoire des institutions de prévoyance.

Historique sommaire de l'institution. — Comme il est arrivé pour plusieurs institutions sociales modernes, notamment pour la salle d'asile, la société de secours mutuels, la Caisse des retraites de la vieillesse, l'idée première de la Caisse d'épargne est née en France et a dû aller à l'étranger prendre corps et s'organiser dans une forme précise et méthodique.

En 1611, un Français, Hugues Delestre, docteur en droicts, conseiller du Roy, lieutenant civil au siège de Langres, publia à Paris le « Plant d'une caisse pour recueillir et faire fructifier les économies du serviteur ou servante et de tout autre mercenaire qui loue ou engage son labeur par an ou à journées ». Le projet est formulé en dispositions si précises et si ingénieuses, quant aux questions relatives à l'intérêt, aux délais de remboursement, etc., qu'on croirait lire les statuts d'une Caisse d'épargne de notre époque. L'ouvrage est dédié à la reine-mère régente, et se place sous le patronage du cardinal du Perron et du chancelier de France Nicolas Brulart de Sillery; ce qui donne à penser qu'il a été très-connu des hommes d'État de ce premier tiers du XVIIe siècle, si fécond en hommes de valeur.

Cependant cette idée resta d'abord lettre morte; elle reparaît au siècle suivant, dans un article de l'Encyclopédie de Diderot; on la retrouve ensuite, et toujours sans résultat pratique, dans le *Bureau d'économie* institué en 1787, et dans la *Chambre d'accumulation de capitaux et d'intérêts composés* de Feuchère; puis, en 1793, dans l'article 13 de la loi du 19 mars 1793, indiquant le projet d'une *Caisse nationale de prévoyance*; et enfin dans l'article 5 de la loi du 24 pluviôse an VIII, loi statutaire de la Banque de France, et qui prescrivait à la Banque d'ouvrir une *Caisse de placements et d'épargnes*.

L'idée française de 1611 avait eu meilleure fortune à l'étranger.

Le premier établissement organisé en forme régulière et en caractère précis pour recueillir et faire fructifier les petites épargnes du menu peuple paraît être le service créé en 1778 dans la ville libre de Hambourg, comme service annexe de l'établissement de prévoyance de Hambourg (*Neunte selbstständige Classe der Versorgungsanstalt in Hamburg*).

La Caisse d'épargne se propage de là à Oldenbourg, 1786 ; à Kiel, 1796 ; à Gœttingue et à Altona, 1801 ; à Lauf, 1806 ; — en Suisse, à Berne, 1787, *Caisse des domestiques (Diensten-Casse)*; à Coire, 1790; à Zurich, 1805 ; à Bâle, 1809, etc. ; — en Suède, à Bromo, 1813 ; — en Amérique, aux États-Unis, à Boston, en 1816.

En 1797, le célèbre économiste anglais Jeremy Bentham publie le plan d'une Caisse de prévoyance qu'il appelle *Frugality Bank,* et qui est bien la Caisse d'épargne de Hugues Delestre, et telle que nous la concevons aujourd'hui.

En Angleterre, à Tottenham, en 1798, une dame bienfaisante, écrivain distingué, présidente d'une société de bienfaisance de femmes, institua comme annexe de cette œuvre une caisse pour les femmes et les enfants du village de Tottenham ; et cette caisse, très-intéressante, était à la fois société de secours mutuels, caisse de retraites, assurance sur la vie; caisse d'épargne et même *penny bank.* En 1804, cette banque de prévoyance populaire fut réorganisée par les soins d'un membre du Parlement, M. Eardley Wilmot.

En 1799, un charitable recteur de paroisse, le rév. J. Smith, de Wendover, créa pour ses paroissiens une petite Caisse d'épargne admettant les petites sommes à partir de deux pence (20 centimes), et gratifiant tout dépôt d'un don égal à un tiers de l'épargne.

En 1806, la *Provident institution* de Londres, compagnie d'assurances, établit une Caisse d'épargne. En 1808, s'ouvre à Bath, par une société de dames, une Caisse pour recevoir les épargnes des servantes. En 1810, le rév. H. Duncan, ministre de Ruttwell (Écosse), fonda sa *Parish Bank,* banque de paroisse, dont l'organisation simple et régulière donna la première forme pratique à l'institution.

L'institution se répandit peu à peu dans tout le Royaume-Uni, qui en 1816 possédait 58 établissements de cet ordre.

En 1817, ce développement des *Saving Banks* (c'est le nom consacré en Angleterre) appela l'attention du Parlement : un *Act* de cette année régla les conditions d'érection et de fonctionnement des Caisses d'épargne ; cette loi éveilla un grand intérêt sur tout le continent; et sous l'influence de la paix de 1816 et du mouvement économique parti de là, les Caisses d'épargne se multiplièrent en Angleterre et dans les autres pays de l'Europe : ainsi en 1818 à Berlin, à Paris, à Rotterdam, à Stuttgard ; en 1819 à Metz, à Vienne (Autriche), à Amsterdam, à Flensburg (Schleswig), etc.

Ce fut ainsi qu'en 1818 revint en France, façonnée en institution méthodique, l'idée qu'un Français avait conçue en 1611, deux siècles auparavant.

Le 22 mai 1818, par l'initiative de deux Français dévoués aux progrès sociaux (La Rochefoucauld-Liancourt et Benjamin Delessert), une société anonyme, composée de vingt administrateurs ou actionnaires de la Compagnie royale d'assurances maritimes, se constitua sous le nom de « Caisse d'épargne et de prévoyance de Paris » ; et cet établissement fut organisé sur le modèle des *Saving Banks* d'Angleterre. Des caisses d'épargne analogues furent fondées en 1819 à Bordeaux et à Metz, en 1820 à Rouen, en 1821 à Marseille, Nantes, Troyes, Brest, etc.

Les administrateurs de ces sociétés anonymes se composaient des fondateurs, et devaient se compléter, en cas de vacances, par cooptation, disposition qui a été maintenue dans quelques Caisses d'épargne, mais qui est aujourd'hui généralement remplacée par une organisation où les administrateurs sont élus par le conseil municipal et présidés par le maire.

Les administrateurs de ces sociétés anonymes constituèrent, par des donations, un fonds de premier établissement et un fonds de garantie. Ils recevaient et géraient sous leur responsabilité les épargnes déposées. Cette responsabilité bientôt les inquiéta ; ils avaient bien voulu faire un acte généreux de dévouement public, mais non pas engager sans limites leur fortune, et ils demandèrent que l'État, en considération de l'intérêt public, se chargeât de la gestion des dépôts : ce qui fut accordé par une ordonnance du 3 juin 1829, autorisant les Caisses d'épargne à verser en compte courant leurs fonds au Trésor ; et plus tard on fit plus et mieux encore. Une loi du 31 mars 1837 substitua au Trésor, comme gérant de ces fonds, la Caisse des dépôts et consignations, établissement autonome, indépendant des ministres, et ressortissant directement au parlement, qui se trouve ainsi devenu le surveillant et comme le gérant suprême des fonds des épargnes du peuple. Ainsi fut donnée aux déposants la plus haute garantie possible, en France, par la gérance de la Caisse des dépôts et consignations, comme cela était en Angleterre par la gérance analogue du *National Debt Office.*

Le 15 juin 1835, une loi, qui est la première organique de nos Caisses d'épargne, fixa les bases d'organisation et de fonctionnement de ces établissements, qui devinrent dès lors établissements d'utilité publique, toujours indépendants les uns à l'égard des autres, mais assez uniformes pour que le déposant d'une Caisse pût aisément faire transférer son dépôt à une autre Caisse ; établissements dotés, en outre, de priviléges spéciaux, en raison de leur caractère de pure utilité publique.

Une loi du 22 juin 1845, restrictive de la loi de 1835, réduisit le maximum de chaque livret, de 3,000 fr. à 1,500 fr. pour le capital, et à 2,000 fr. pour le capital augmenté des intérêts ; une loi du 30 juin 1851 réduisit le maximum de chaque livret à 1,000 fr. Dans tous les autres pays d'Europe et d'Amérique, le maximum est plus élevé : il est de 5,000 fr. en Angleterre, et il est question d'un nouveau bill qui élargirait plus encore ces limites.

Ces rectrictions en France furent déterminées par la crainte des difficultés de remboursement en temps de crise, difficultés qui, en 1848, par le fait de mesures maladroites, avaient déterminé un grand trouble, et, par suite, une liquidation presque complète des Caisses d'épargne. Ces difficultés furent moindres en 1870 ; elles se trouvèrent même parfaitement palliées à Paris, grâce à une disposition adoptée en octobre 1870, sur notre indication, par le ministre des finances : il suffit d'aménager les remboursements suivant les besoins immédiats des déposants et aussi d'après les possibilités du dépositaire. Cette disposition, ainsi heureusement expérimentée en France en 1870, est depuis longtemps inscrite dans la législation de presque tous les pays d'Europe et d'Amérique, et se nomme justement la « clause de sauvegarde ». Par là, le dépositaire ne s'engage à rendre les dépôts que dans des délais échelonnés, qui rendent le remboursement toujours possible, et l'on n'a plus à craindre les crises, ni à redouter des mesures imprévues et arbitraires peut-être déplorables, et qui ont au moins ce fâcheux caractère de violer le contrat signé entre le dépositaire et les déposants. En temps ordinaire, le dépositaire ne se prévaut pas de la clause de sauvegarde il rembourse sans délai, même à vue, toute somme redemandée. Dans plusieurs pays d'Europe et d'Amérique, souvent et fortement éprouvés par les crises (Autriche et États-Unis, par exemple), cette clause a sauvé les Caisses d'épargne et affermi le crédit populaire de ces établissements. Et c'est pourquoi, en 1875, quand le Parlement italien a voté la loi Sella, nouvelle loi sur les Caisses d'épargne, il a adopté la clause de sauvegarde, comme une disposition loyale et sage indiquée par l'expérience des autres peuples.

Un décret du 15 avril 1852, rendu en la forme de règlement d'administration publique, et une instruction ministérielle du 4 juin 1857, édictée de concert par le ministre de l'agriculture et du commerce et le ministre des finances, règlent en détail la surveillance, l'opération et la comptabilité de nos Caisses d'épargne.

Organisation et fonctionnement en France. — Voici, dans les traits essentiels, l'organisation et le fonctionnement actuels des Caisses d'épargne en France.

Les Caisses d'épargne, constituées par des sociétés privées ou par des communes, et dûment autorisées par décret, sont des établissements d'utilité publique autonomes, ayant leur existence et leur action propres, et dotés d'une législation spéciale de faveur. Elles s'administrent elles-mêmes; mais l'État les surveille par ses inspecteurs des finances, et la Caisse des dépôts et consignations centralise en compte courant, gère et bonifie d'un intérêt de 4 p. 100 les fonds déposés dans les Caisses d'épargne.

Les Caisses d'épargne françaises sont, en fait, de simples agences administratives, intermédiaires entre les déposants, qui leur remettent et retirent leurs épargnes, et la Caisse des dépôts et consignations qui réunit et fait valoir les fonds déposés.

Chaque Caisse d'épargne touche l'intérêt de 4 p. 100 bonifié par la Caisse des dépôts et consignations pour les fonds gérés, et chaque déposant reçoit comme intérêt de ses épargnes une somme égale à 4 p. 100, moins une retenue opérée par la Caisse d'épargne pour les frais administratifs. Cette retenue est de 25 à 50 centimes, sauf à Paris où elle est de 75 centimes.

Dans les Caisses bien organisées, c'est-à-dire opérant par des procédés simples non moins que sûrs, et offrant au public le plus grand attrait de cette institution : facilité, ubiquité et permanence du service, le produit de la retenue couvre largement les dépenses. Pour l'exercice 1876, dans l'ensemble des 521 Caisses d'épargne de France, le produit de la retenue a donné une recette de 2,655,610 fr., supérieure aux dépenses, qui n'ont été que de 2,547,764 fr.

Et si l'on met à part une Caisse d'épargne importante qui, depuis 1861, a ses recettes normales de beaucoup au-dessous de ses dépenses, on voit qu'en général les Caisses d'épargne en France peuvent vivre et vivent par elles-mêmes, sans ressources extraordinaires et avec la seule retenue, c'est-à-dire avec la rémunération que payent les déposants. Cette observation pratique rend plus aisée la fondation de nouvelles Caisses, qui dès lors n'ont plus besoin d'un gros fonds de dotation, mais seulement d'un modeste fonds de premier établissement. Quelques reliquats des comptes atteints par la prescription trentenaire apportent chaque année une ressource éventuelle à quelques Caisses d'épargne ; mais ces reliquats, de l'ensemble de toutes les Caisses d'épargne de province ont produit seulement, en 1874, 18,791 fr.; en 1875, 24,728 francs, et en 1876, 29,519 fr.

En cas d'insuffisance, le conseil municipal est tenu de voter, chaque année, les sommes nécessaires pour couvrir les dépenses; sauf, bien entendu, le droit du conseil municipal de rechercher et provoquer les moyens d'améliorer le fonctionnement de la Caisse d'épargne, de manière à rendre ces subsides non nécessaires à l'avenir.

Un grand nombre de Caisses d'épargne bien dirigées peuvent avec leurs bonis annuels se constituer un fonds de réserve destiné à parer à des années de crise; et quelques-unes, administrées avec intelligence, répartissent à la fin d'un bon exercice une part de boni comme traitement supplémentaire entre les employés, ainsi encouragés à servir les améliorations du service; plusieurs reçoivent souvent aussi de leur département et des communes des subventions, qui doivent surtout s'appliquer à la propagande de l'institution et à l'amélioration des services. De même, on constate de nombreuses donations privées, qui en général sont affectées par la volonté des donateurs à distribuer des livrets dans les ateliers et les écoles, à vivifier les Caisses d'épargne scolaires par le système des bons points-centimes, et à récompenser par des médailles, des livres ou des gratifications, les instituteurs, les agents des Caisses d'épargne et les contre-maîtres les plus dévoués aux institutions d'épargne populaire.

Toute Caisse d'épargne reçoit et ne peut se refuser à recevoir tout dépôt d'épargnes à partir de 1 franc, alors même que le versement est fait par un intermédiaire, ainsi par un instituteur agissant pour ses élèves, ou par un contre-maître pour les ouvriers de son atelier ou manufacture. On ne peut déposer plus de 300 fr. dans une semaine. Le compte d'un déposant, capital et intérêt, ne peut excéder 1,000 fr. L'excédant de tout livret dépassant 1,000 fr., s'il n'a pas été retiré par l'ayant droit, est converti d'office en rentes sur l'État, au nom du déposant et sans frais pour le déposant, par l'administration de la Caisse d'épargne qui a reçu les fonds. Le compte d'une société de secours mutuels peut s'élever à 8,000 fr.; et même pour les sociétés de secours mutuels reconnues, le compte peut être égal à autant de fois 1,000 fr. qu'il y a de sociétaires. Les marins de l'inscription maritime sont admis à déposer, en un seul versement, le montant de leur solde à l'embarquement ou au débarquement.

Tout déposant peut faire convertir gratuitement totalité ou partie suffisante de son avoir en rentes françaises, par les soins de sa Caisse d'épargne, qui peut même être chargée par le déposant de garder les titres et de recevoir les arrérages.

Les fonds déposés sont toujours et doivent toujours être remboursables à la demande du déposant ou ayant droit, — sauf certains délais de trésorerie. Depuis ces dernières années, plusieurs Caisses d'épargne, au moyen d'un fonds de roulement réservé dans leur établissement, remboursent sans délai, séance tenante, au moins pour les retraits partiels. Nous rappelons ici la sagesse de la clause de sauvegarde pour les temps de crise.

Les dépôts peuvent être faits par un intermédiaire : ainsi, par l'instituteur pour le compte d'un élève ; ainsi, par un contre-maître pour le compte d'un ouvrier.

Les remboursements sont faits. au titulaire ou ayant droit : si c'est un mineur, avec l'autorisation de son représentant légal ; si c'est une femme mariée inscrite comme telle sur le livret, avec le consentement du mari. En Angleterre, depuis un demi-siècle, en Italie, en Belgique, et dans la plupart des autres pays d'Europe, la loi autorise le mineur et la femme mariée à pratiquer librement la vertu de l'épargne, c'est-à-dire à déposer et à retirer leurs propres dépôts, sauf le cas d'opposition du père ou tuteur, ou du mari.

Tout déposant reçoit de la Caisse d'épargne où il fait un premier versement un livret numéroté, destiné à recevoir l'inscription de toutes ses opérations à la Caisse et qui est son titre de créance à l'égard de la Caisse. Ce livret porte comme annexe un résumé des règles relatives à la Caisse d'épargne, c'est-à-dire du contrat entre le déposant et la Caisse d'épargne. C'est l'instrument le plus précieux de propagande, qui rend palpable et constamment sensible l'institution.

Aucun déposant ne peut avoir plus d'un livret, soit dans la même Caisse d'épargne, soit dans des Caisses différentes. Le déposant contrevenant serait aussitôt remboursé de ses dépôts sans aucune bonification d'intérêts, et à jamais exclu de la Caisse d'épargne.

La plupart des Caisses d'épargne ont des succursales qui opèrent comme un bureau détaché de la Caisse principale. On compte en France 521 Caisses d'épargne et 736 succursales.

Par suite d'un décret du 23 août 1875, les bureaux de poste et les perceptions des contributions directes peuvent être demandés comme *auxiliaires* par les Caisses d'épargne, et autorisés comme tels par le ministre des finances, d'accord avec le ministre de l'agriculture et du commerce, qui a les Caisses d'épargne dans ses attributions. Une Caisse d'épargne, qui demande et obtient comme auxiliaires ces agences financières de sa circonscription, y trouve les avantages suivants : avoir à son service des agences plus nombreuses, répandues par tout le pays, surtout dans les campagnes, et opérant tous les jours, par les postes, et dans les plus petites localités, par les percepteurs ; s'adjoindre ainsi des receveurs et payeurs de dépôts, qui font la plus grande partie du travail et sont rémunérés avec la modique somme de 10 centimes par opération : prime inférieure au produit de la retenue que s'applique la Caisse d'épargne sur l'intérêt des dépôts recueillis pour son compte ; et, enfin, effectuer ses propres opérations par de simples écritures, sans plus avoir de maniements d'espèces, sans plus encourir la responsabilité, souvent très-grave, de détournements d'espèces, puisque les agences financières, postes et perceptions, reçoivent les dépôts pour le compte de la Caisse et font passer directement les fonds, par la voie financière hiérarchique, à la Caisse des dépôts et consignations, où la Caisse d'épargne est créditée d'autant. De même, pour les remboursements, les agences financières payent les déposants avec l'argent fourni directement par la Caisse des dépôts et consignations, et tout se passe avec la Caisse d'épargne en écritures. Il est très-désirable que ces auxiliaires, surtout les postes, soient de plus en plus appréciés et utilisés par les Caisses d'épargne pour faciliter les opérations des Caisses d'épargne scolaires, et en général pour satisfaire à l'un des principes essentiels de la Caisse d'épargne, qui est la commodité du service pour le déposant.

L'occasion prochaine fait la vertu, comme elle fait, dit-on, le péché. Et c'est ce qu'a démontré excellemment à l'expérience l'*act* anglais de 1861, qui a étendu le nombre des Caisses d'épargne de 648 à 3,157 en 1862, et progressivement jusqu'à 5,912 en 1877, par l'adjonction, aux anciennes Caisses, de plus de cinq mille bureaux de poste. Les anciennes Caisses ont peu souffert de cette concurrence ; quelques-unes, mal organisées, ont disparu, et cette épuration a été un grand bien pour le crédit de l'institution ; mais le plus grand nombre (il en existe actuellement 458) ont continué et prospèrent. Et l'*act* de 1861 a eu aussi ce grand bienfait de mettre la source d'épargne à la portée des ouvriers économes presque dans toutes les localités et tous les jours et à toute heure ; si bien que dans la seule ville de Londres les ouvriers ont à leur service vingt-deux anciennes Caisses d'épargne, dont la clientèle comprend 227,696 déposants, avec un avoir de cent trente-six millions de francs, et sept cents bureaux de poste qui comptent aussi une immense clientèle et un stock d'épargnes considérable.

Aussi bien, les hommes d'État des divers pays du monde civilisé les plus autorisés en ces questions professent aujourd'hui que les meilleurs auxiliaires ou agents de l'épargne populaire sont les postes. Et c'est pourquoi la Belgique en 1870, l'Italie en 1875, l'Allemagne en 1878, ont commencé à utiliser les postes pour l'épargne populaire, soit en organisant les bureaux de poste comme agences d'une Caisse postale d'État, ainsi en Italie, soit en adoptant les bureaux de poste comme auxiliaires, suivant les circonstances locales.

Ainsi l'on s'efforce et l'on parvient à prouver aux ouvriers économes les facilités qui peuvent rendre l'épargne habituelle, à force d'en multiplier les occasions. Et c'est bien là le premier principe de l'institution qui tend moins encore à favoriser des économies qu'à former des caractères prévoyants.

L'autre principe, nous le rappelons en finissant, est la sûreté du dépôt, si heureusement ménagée, en France comme en Angleterre, par la plus haute garantie possible, par la garantie du parlement, de l'État, de la nation tout entière.

En Europe, on compte dans les Caisses d'épargne quatorze millions de déposants et une valeur de dépôts d'épargnes de plus de 8 milliards de francs.

Comme nous l'avons montré dans nos diagrammes exposant l'histoire des Caisses d'épargne d'Angleterre et de France, et présentés l'année dernière par M. Hippolyte Passy à l'Académie des sciences morales et politiques, en Angleterre, depuis 1841, date des plus anciennes statistiques régulières, 9 milliards de francs d'épargnes populaires ont été sauvés par les *Saving Banks* ; en France, depuis 1835, 6 milliards 200 millions, dont 800 millions dans les trois dernières années, 1875-1876-1877, sous ce grand mouvement d'opinion publique qui date des Caisses d'épargne scolaires. ______

II.

Caisses d'épargne scolaires. — Si l'économie est une vertu, si c'est une action louable de résister à des attraits futiles ou malsains, si cette résistance habituelle constitue un exercice salutaire et fortifiant pour l'âme, cette gymnastique morale doit faire partie de toute éducation qui n'a pas seulement pour but de former l'intelligence, mais aussi de former le caractère.

Si l'épargne, c'est-à-dire l'excédant de la production sur la consommation, l'excédant de la recette sur la dépense, est le principal moyen d'augmenter la richesse des nations comme des particuliers, puisque l'humanité serait restée dans l'état primitif si les hommes avaient toujours détruit à mesure leurs biens produits, l'apprentissage de l'épargne doit être enseigné aux enfants comme une des pratiques essentielles de l'homme civilisé.

Si la prévoyance est une condition de la vie de l'homme, en répartissant les ressources de manière à alimenter les jours stériles avec un excédant des jours féconds ; si la prévoyance est une condition de la dignité de l'homme, en sauvant le travailleur de tomber à la charge de l'aumône dégradante, souvent insuffisante et toujours incertaine ; si la prévoyance met l'homme en état de marcher droit et digne, et de vivre sa vie, toujours capable de passer sans déchéance un mauvais pas, et toujours capable de mettre à profit une bonne occasion de fortune, il convient d'habituer les enfants à prévoir, comme on les habitue à se souvenir ; il convient d'exercer leur prévoyance comme leur mémoire, afin qu'ils sachent régler leur vie : car économiser, c'est régler sa vie.

Tel est l'objet et aussi le bienfait reconnu de l'institution des *Caisses d'épargne scolaires*, que j'ai définie ainsi :

Enseigner l'économie comme on doit enseigner une vertu, en la faisant pratiquer. Enseigner l'économie aux enfants, plus faciles à façonner que les hommes faits, et qui sont les meilleurs agents de toute rénovation sociale, suivant cette sublime politique : « Laissez venir à moi les petits enfants. » Apprendre aux futurs travailleurs que les petites épargnes, répétées et bien placées, ont leur valeur et une valeur considérable ; qu'ainsi un enfant de sept ans qui prendrait l'habitude d'épargner deux sous par semaine sur les sous qu'on lui donne le dimanche pour ses friandises, se trouverait à sa majorité propriétaire d'une somme de cent francs ; et qu'avec un franc d'épargne par semaine, un jeune apprenti, continuant cette sage pratique dans sa vie d'ouvrier, posséderait à vingt-huit ans, vers le temps de son mariage, une belle somme de plus de mille francs; que par là les travailleurs les plus déshérités assurent leur bien-être et parfois aussi préparent leur fortune; car un sou épargné peut être la graine d'un million (cela s'est vu, avant et depuis Franklin et Laffitte), de même qu'un sou gaspillé peut ouvrir une fissure au termite qui ruinera la plus grosse maison.

Dans l'intérêt de la richesse nationale, l'enseignement de l'épargne convient aux enfants de toutes les classes de la société; mais il est plus recommandable encore aux enfants pauvres ou peu aisés, pour qui l'épargne sera un jour le seul élément de fortune. — Dans l'intérêt de la moralité publique, pour l'élévation morale des individus, des familles et de la société, l'exercice de la prévoyance modère la satisfaction de nos besoins futiles et nous rend maîtres de nos vices; ainsi l'homme se fortifie contre le mal, s'affranchit de ses passions mauvaises, et devient vraiment homme libre.

1. *Historique.* — Ces notions générales ressortent si bien de la nature de l'homme que, depuis des siècles, les pères de famille soigneux de l'éducation morale de leurs enfants ont institué au foyer l'exercice de l'épargne des enfants : c'est la *tirelire*, dont les musées de céramique nous présentent des échantillons d'origine fort ancienne.

En dehors de la famille, des personnes charitables, dévouées aux orphelins, aux enfants vagabonds ou abandonnés ou négligés, ont pris parfois le même soin : ainsi, des troncs d'épargne ont été autrefois établis à New-York dans les *refuges* ou asiles ouverts pour la nuit aux pauvres petits garçons qui, le jour, cherchent leur vie dans les petits métiers des rues; et vers la fin de ce siècle, en 1798, Mᵐᵉ Priscilla Wakefield organisa et dirigea elle-même une Caisse d'épargne pour les enfants comme pour les femmes de son village de Tottenham (Angleterre).

Du foyer de la famille ou de l'hospice, cet instrument d'éducation devait, comme les autres, parvenir à l'école. Et il y a pris place, peu après la grande loi de l'instruction primaire de 1833, qui avait appelé l'attention publique sur toutes les questions d'éducation populaire.

Déjà en 1818, en cette année où commença le premier mouvement de propagation des Caisses d'épargne en France, un professeur de l'École polytechnique, M. Francœur, présentait à la Société pour le progrès de l'instruction élémentaire (septembre 1818) un mémoire où il considérait la Caisse d'épargne comme un des instruments de l'éducation populaire ; et en 1819, le savant géomètre H. Navier traitait la même question dans un mémoire présenté à l'Académie des sciences. Ainsi le courant des idées poussait l'opinion, et préparait l'œuvre qui devait se réaliser en 1834.

D'après l'enquête universelle que la Société des institutions de prévoyance de France a provoquée depuis deux ans dans tous les pays du monde civilisé sur les origines, l'organisation et la statistique des institutions de prévoyance, pour le congrès scientifique de 1878, *l'essai méthodique de Caisse d'épargne scolaire le plus ancien* que l'on connaisse est celui que l'on constate, le 4 mai 1834, dans l'école municipale du Mans (Sarthe).

Il y a intérêt historique et patriotique à noter ici quelques extraits des documents relatifs à cette création.

Dans un petit ouvrage imprimé en 1834, au Mans, chez Monnoyer, et intitulé : *Lectures diverses en usage dans l'école municipale du Mans, par M. Dulac, chevalier de la Légion d'honneur et officier de l'instruction publique*, l'auteur, M. Dulac, s'exprime ainsi :

« Entre les différents moyens auxquels nous avons eu recours pour
« arriver à notre but d'éducation morale auprès des élèves qui nous
« sont confiés, il en est un que nous croyons utile de rappeler : c'est
« le dépôt des petites économies de nos enfants d'adoption à la Caisse
« d'épargne et de prévoyance. Pour faciliter les versements à cette Caisse
« nous avons établi à notre école, le 4 mai 1834, sous les auspices de
« l'administration municipale, une caisse privée, dans laquelle ils dé-
« posent leurs économies sou par sou, jusqu'à ce qu'elles forment une
« somme assez forte, un franc, pour être reçue à la caisse départe-
« mentale. »

L'origine de cette Caisse d'épargne scolaire est encore constatée par le Bulletin administratif de la ville du Mans et du département de la Sarthe, où se lit la mention suivante, sous la rubrique : *Annonces administratives.*

« Mardi, 27 mai 1834. — Mairie du Mans :

« La Caisse d'épargne établie au Mans pour le département de la
« Sarthe, hôtel de la mairie, qui a commencé ses opérations le 27 avril
« dernier, a reçu, à la date du 21 mai courant, de 80 déposants, la

« somme de 5,095 francs, qui a été versée par les classes suivantes :...
« onze élèves de l'école mutuelle du Mans.   26 fr.

Les mois suivants, le maire du Mans, président de la Caisse d'épargne, publie dans le même Bulletin des notes analogues, où figurent
toujours des élèves de l'école mutuelle parmi les déposants.

En 1838, le conseil d'administration de la Caisse d'épargne du Mans,
présidé par le maire de la ville, M. Basse, publie une délibération dans
laquelle il témoigne sa satisfaction des dépôts faits par les classes des
écoles mutuelles gratuites et des salles d'asile de la ville.

En 1839, M. Delessert, président du conseil des directeurs de la
Caisse d'épargne de Paris, publie un rapport où il signale avec intérêt
la combinaison pratiquée à l'école mutuelle du Mans.

Par ces diverses publications, la Caisse d'épargne scolaire du Mans
fut ainsi connue en France et à l'étranger ; de là plusieurs tentatives
analogues faites de 1836 à 1840 à Amiens, Grenoble, Lyon, Périgueux,
Paris, etc. ; puis à Vérone (Italie, 1844), en Saxe-Weimar, en Wur-
temberg (1846), en Prusse, en Suisse (1851), en Hongrie (1860), mais
ces tentatives restèrent isolées ou durèrent peu.

L'institution n'avait pas encore trouvé sa méthode complète, qui devait rendre la pratique facile et sûre, ne demandant à l'instituteur qu'un
travail aisé et court, et ne lui imposant pas une responsabilité incompatible avec sa situation. Il faut encore rendre cette justice à M. Dulac qu'il avait compris que la méthode c'était l'institution même, et
qu'on ne ferait qu'une œuvre personnelle, précaire, incapable de se
propager, tant qu'on n'aurait pas formulé un mécanisme commode pour
l'instituteur et éducatif pour l'écolier. Aussi s'appliquait-il à perfectionner ses procédés, et après des tâtonnements, dès 1839, il arriva à ces
améliorations : comptabilité ouverte, registre d'école tenu par l'instituteur, carnet duplicata remis à l'élève ; dispositions expérimentées en
Belgique en 1866, et qui, complétées en France en 1874 d'après toutes
les expériences précédentes françaises et étrangères, ont assuré le succès
et la propagation rapide de l'institution.

M. Dulac avait même imaginé une pratique qui paraît très-recom-
mandable dans toutes les localités où elle est possible, et que déjà, depuis 1874, quelques écoles ont adoptée : quand un élève atteignait pour
la première fois le franc qui lui permettait d'obtenir un grand livret de
Caisse d'épargne, il accompagnait à la Caisse d'épargne de la ville le
professeur chargé d'aller faire les versements et de prendre les livrets :

l'écolier apprend ainsi le chemin de la Caisse d'épargne où plus tard il viendra comme ouvrier économe; il entre en relations directes avec la Caisse d'épargne, et reçoit personnellement ce grand livret de Caisse d'épargne, qui, honorant son acte viril d'épargnant, lui confère comme un premier brevet de citoyen.

La Caisse d'épargne scolaire du Mans fonctionna ainsi jusqu'à la guerre de 1870. M. F. Dulac prit sa retraite le 1er octobre 1872, et mourut le 17 septembre 1873. A la rentrée des classes du 1er octobre 1874, son successeur, M. Grassin, rétablit la Caisse d'épargne scolaire en la forme aujourd'hui adoptée en France depuis 1874.

Au congrès international de bienfaisance tenu à Bruxelles en 1856, plusieurs discours furent prononcés sur l'utilité de développer, dès l'enfance et dans le cours de l'adolescence, le sentiment de l'ordre et de la prévoyance, et sur les divers moyens de donner ce complément d'éducation populaire : petits manuels à la portée de l'intelligence des enfants, et organisations de prévoyance appropriées aux ressources et aux habitudes des enfants, ainsi : petites Caisses d'épargne recevant dans l'école les menues économies des élèves.

Cette recommandation n'eut son effet en Belgique que dix ans plus tard, en 1866, lorsque M. Fr. Laurent, professeur de droit civil à l'Université de Gand, prit à cœur de doter les écoles de la ville de Gand de cette nouvelle branche d'éducation; il s'appliqua surtout à deux choses, et d'abord à démontrer aux instituteurs, aux familles, aux élèves, la valeur morale de l'œuvre; ce qu'il fit au moyen d'un petit livre : *Conférences sur l'épargne dans l'école*, qui fut bientôt publié en flamand comme en français par le gouvernement belge, et répandu à douze mille exemplaires; — ensuite il régla les opérations dans l'école et les relations avec la Caisse d'épargne de la ville de la manière qui lui parut la plus facile, la plus sûre et la plus éducative; ce fut la méthode, telle à peu près que nous l'avons vue au Mans de 1839 à 1870, telle que, depuis 1874, nous l'avons en France, sauf certaines corrections ou améliorations naturellement déduites en 1874 des expériences de nos voisins.

Dès le premier mois de la rentrée des classes, en octobre 1866, deux écoles communales de Gand furent munies de Caisses d'épargne scolaires; et peu à peu, grâce aux encouragements donnés par le conseil communal, par la commission des écoles de la ville et par deux sociétès libres de bienfaisance populaire, l'institution se propagea dans toutes les écoles gratuites de la ville, dans les écoles payantes, dans les salles d'asile-même, et enfin dans les écoles d'adultes. Au total, sept années après, en 1873, sur les 15,000 élèves des écoles de Gand, plus de 13,000 étaient parvenus par la petite Caisse d'épargne à s'ouvrir un livret à la grande Caisse d'épargne. L'œuvre était donc réussie et devait se propager. Encouragé par un prix de dix mille francs, et secondé par l'action et les ressources d'une société qui s'organisa pour cette tâche, M. Laurent vit la Caisse d'épargne scolaire s'établir dans les écoles à Bruxelles, à Liége, à Namur, à Bruges, etc. Cependant, l'institution atteignit peu les campagnes, et resta surtout concentrée dans quelques villes importantes, où de puissantes initiatives l'imposaient et la maintenaient. Outre certaines causes étrangères peut-être au domaine purement économique, on a noté le défaut d'un rouage dans le mécanisme : c'est l'imprudente tolérance laissée aux parents de faire passèr leurs propres épargnes par l'école pour s'éviter la peine d'aller à la Caisse d'épargne ; dès lors, deux graves inconvénients résultent de cette pratique : l'enfant qui ne verse plus seulement ses petites économies personnelles, mais celles de la famille, ne comprend plus le mécanisme de l'institution ; il agit comme un commissionnaire, et le bienfait éducatif est amoindri et disparaît ; et d'autre part, l'instituteur, au lieu de n'avoir en charge dans le cours du mois que quelques sous s'élevant au total à une somme modique, se trouve devenu comptable de sommes qui dépassent sa responsabilité possible. Et c'est pourquoi bien des instituteurs ont refusé cette tâche excessive, conseillés en cela par les autorités scolaires.

Le gouvernement belge (spécialement l'administrateur belge le plus autorisé et le plus dévoué en ces affaires, M. Léon Cans, directeur général de la Caisse d'épargne et de retraite de Belgique), a plusieurs fois constaté dans ses rapports officiels, en rendant hommage aux efforts de M. Laurent, que l'on devait attribuer pour une grande part à la multiplication des Caisses d'épargne scolaires en Belgique la marche ascendante des livrets et des sommes déposées dans la Caisse nationale d'épargne de Belgique, par l'influence que les enfants des écoles exercent dans leurs familles, où ils apportent leurs livrets de grande Caisse d'épargne, et, par cet instrument de propagande, initient leurs parents au mécanisme et aux avantages de la Caisse d'épargne.

Cette observation, que nous avons eu lieu de faire aussi plus récemment en Angleterre, en Italie et en France, est importante à noter ici, car elle peut éclairer les administrations de nos Caisses d'épargne sur leurs propres intérêts, en leur démontrant qu'elles sont intéressées pour leur propre fortune à favoriser les Caisses d'épargne scolaires, et à accorder pour ce service aux instituteurs toutes les facilités possibles.

En 1873, me trouvant en Autriche, chargé d'une mission scientifique pour l'étude des institutions de prévoyance populaire, j'eus lieu de consulter les nombreux documents réunis dans un pavillon spécial élevé dans le parc de l'Exposition universelle et consacré aux Caisses d'épargne, aux institutions d'épargne des divers pays, je constatai ainsi, entre autres faits, plusieurs expériences de Caisses d'épargne scolaires ; j'étudiai les imperfections de procédé reconnues, les améliorations éprouvées et les résultats. En même temps, j'eus occasion de m'entretenir sur ce sujet avec un des hommes d'État les plus attentifs aux questions sociales, Franz Deak, le grand patriote de la Hongrie, qui me dit combien il appréciait « les Caisses d'épargne comme instru-) ment de civilisation, et les Caisses d'épargne scolaires comme le meilleur moyen de transformer par l'éducation morale et économique des enfants les mœurs d'un peuple ».

Rentré en France, je résolus d'essayer de doter nos écoles de Caisses d'épargne scolaires, et je visitai dans ce but spécial la Belgique et l'Angleterre, où déjà plusieurs missions m'avaient créé des relations utiles à mes études ; je formulai le Règlement, d'après mes observations des parties bonnes ou imparfaites dans les procédés étrangers, et je publiai le *Manuel des Caisses d'épargne scolaires en France,* que le ministère de l'instruction publique adressa aux inspecteurs académiques et aux écoles normales, et le ministère du commerce et de l'agriculture, aux Caisses d'épargne et aux chambres de commerce ; je répandis moi-même ce manuel en l'offrant à toute demande ; et, répondant à tout appel, je parcourus plusieurs fois nos départements pour y faire des conférences ; la Société des institutions de prévoyance, fondée le 14 novembre 1875, sur notre proposition, et sous la présidence d'un des doyens de l'Institut, M. Hippolyte Passy, ancien ministre des finances et du commerce, adressa, le 20 août 1876, un appel fortement motivé aux conseils généraux, dont vingt et un répondirent en votant des crédits, en moyenne 1,000 francs, pour couvrir les menus frais des imprimés de la comptabilité scolaire, ou récompenser par des médailles et des primes les instituteurs et les employés de Caisse d'épargne, ou encourager les écoliers au moyen de *bons points-centimes*.

Suivant le principe de conduite que j'avais adopté et recommandé, tout se fit par libre initiative locale, sans autre action que le conseil, mais avec l'aide empressée et unanime de toute la presse française, mais avec la coopération d'un très-grand nombre de maires, d'inspecteurs d'académie, d'inspecteurs primaires et d'instituteurs, et de plusieurs Caisses d'épargne importantes.

A la séance du 12 février 1876 de l'Académie des sciences morales et politiques, M. Hippolyte Passy présentait la cinquième édition du *Manuel des Caisses d'épargne scolaires en France*, dans un rapport résumé en ces termes par le *Journal officiel :*

« Le savant académicien a rappelé, avec un sentiment patriotique,
« que l'idée des Caisses d'épargne scolaires était une idée française,
« mise en œuvre par des essais isolés en quelques localités de notre
« pays, il y a une quarantaine d'années ; mais que cette institution a
« reçu récemment une forme très-ingénieuse, à la fois simple de méca-
« nisme et sûre d'opération ; c'est d'Angleterre et de Belgique que M. de
« Malarce l'a pour ainsi dire réimportée chez nous à la suite d'une mis-
« sion dont il avait été chargé, sur sa demande, par le ministère du com-
« merce en 1874. Grâce au concours d'un grand nombre d'administra-
« teurs et d'instituteurs, et à l'assentiment des ministères de l'agriculture
« et du commerce, des finances et de l'instruction publique, il est par-
« venu, agissant par voie de libre initiative et faisant appel à des dé-
« vouements tout à fait volontaires, à déterminer déjà la fondation en
« France de plus de 1,500 Caisses d'épargne scolaires, toutes dirigées
« par des hommes de franche volonté, et qui toutes par cela même
« fonctionnent à souhait ; elles montrent déjà des résultats moraux con-
« sidérables... M. Hippolyte Passy, avec la portée de vue de l'homme
« d'État de vieille expérience, a fait ressortir cette observation : qu'il
« est bien difficile, et parfois impossible, de modifier les habitudes des
« ouvriers adultes, et de convertir à l'esprit de prévoyance, à la pra-
« tique de l'économie, des hommes déjà formés par d'autres mœurs ;
« mais que l'habitude de l'ordre, de la sobriété, de l'économie, incul-
« quée à l'enfant sur les bancs de l'école, est le moyen le plus efficace
« de préparer des générations nouvelles considérablement améliorées
« dans leur état matériel et moral. Il faut donc, a dit M. H. Passy en
« terminant son rapport à l'Académie, féliciter M. de Malarce du succès

« de ses efforts, et l'engager à poursuivre une œuvre qui deviendra
« de plus en plus féconde pour le progrès du bien public et aussi du
« bien privé. »

Les efforts ont été continués, et ils ont eu ces résultats que, de 1874
au 31 décembre 1877, l'institution des Caisses d'épargne scolaires a été
introduite dans 76 départements ; et que, pour 60 départements dont
on avait reçu les statistiques complètes et dûment certifiées à la date
du 31 décembre 1877, le nombre des écoles dotées de cette branche
d'éducation était de 8,033 ; le nombre des élèves épargnants, 177,040 ;
le nombre des livrets de grande Caisse d'épargne acquis par les élèves
épargnants, 143,272 ; et le total des épargnes, 2,964,352 francs, comme
le montre le tableau ci-contre, où l'on remarquera que quelques départements avaient déjà, à cette époque, presque toutes leurs écoles munies de Caisses d'épargne scolaires.

D'après les rapports des conseils généraux à la session d'août 1878,
on voit que, dans le cours de l'année 1878, les nombres se sont très-
augmentés pour certains départements, tels que l'Aisne, les Alpes-Mari-
times, l'Ardèche, l'Aube, le Calvados, la Charente-Inférieure, l'Eure, la
Gironde, l'Hérault, l'Isère, le Jura, la Loire-Inférieure, le Loiret, la
Marne, Meurthe-et-Moselle, le Nord, l'Oise, le Pas-de-Calais, les Basses-
Pyrénées, le Rhône, Saône-et-Loire, la Sarthe, la Seine-Inférieure,
Seine-et-Oise, Seine-et-Marne, les Deux-Sèvres, la Somme, la Haute-
Vienne, les Vosges et l'Yonne. Aujourd'hui, en janvier 1879, les Caisses
d'épargne scolaires sont introduites dans 83 départements.

Plusieurs Caisses d'épargne ont contribué aux menues dépenses des
Caisses d'épargne scolaires en fournissant les petits imprimés de comptabilité ; et un assez grand nombre de conseils généraux et de conseils
municipaux ont voté des crédits pour le même objet, comme pour
décerner des médailles et fournir des *bons points-centimes*. Les conseils
généraux et les conseils municipaux, qui ont pris ainsi un intérêt positif
à l'institution, reçoivent des autorités compétentes des rapports annuels
qui leur font apprécier les progrès et les résultats moraux des Caisses
d'épargne scolaires. Et ce sont surtout ces résultats moraux, de mieux
en mieux révélés, qui ont si profondément intéressé les autorités scolaires en faveur de cette institution.

(*Voir le tableau ci-contre.*)

Situation des Caisses d'épargne scolaires, par département, au 31 décembre 1877, pour soixante départements dont on a reçu les statistiques dûment certifiées et complètes à cette date.

DÉPARTEMENTS.	NOMBRE des Caisses d'épargne scolaires.	NOMBRE des élèves épargnants.	NOMBRE des livrets de grande Caisse d'épargne.	SOMMES des épargnes.
				francs.
Ain	4	114	97	1,198
Aisne	508	7,186	6,436	216,691
Alpes (Basses-). . .	32	304	244	2,735
Alpes (Hautes-)	45	435	296	1,630
Alpes-Maritimes . . .	29	611	611	4,009
Ardèche.	51	912	583	5,180
Aube	268	4,507	3,909	108,063
Aude	15	687	336	1,392
Aveyron.	3	60	41	262
Bouches-du-Rhône. . . .	7	350	263	2,949
Calvados.	150	1,616	1,516	48,241
Charente-Inférieure . . .	129	1,916	1,916	19,424
Cher.	3	130	99	1,831
Corrèze	15	300	60	3,221
Côte-d'Or	182	3,478	2,326	28,755
Côtes-du-Nord. . . .	8	220	136	1,279
Creuse.	19	398	321	3,405
Dordogne	142	1,664	1,199	35,146
Doubs.	135	6,369	,	13,947
Eure.	256	3,386	3,386	70,208
Eure-et-Loir.	57	1,472	1,264	20,262
Gironde. . . .	279	9,030	8,088	122,936
Hérault	210	4,906	3,740	39,615
Ille-et-Vilaine	1	35	32	260
Indre	4	310	310	506
Indre-et-Loire	69	1,785	1,474	28,852
Isère	200	3,161	2,676	39,815
Jura.	338	4,744	4,302	62,011
Landes	8	110	74	1,195
Loir-et-Cher.	18	330	168	4,067
Loire	17	287	287	3,174
Loire (Haute-) . . .	13	251	196	3,628
Loire-Inférieure. .	127	4,409	3,694	77,337
Loiret.	129	2,554	2,531	53,801
Maine-et-Loire. . .	88	2,267	2,267	43,738
Marne.	378	7,559	7,024	195,800
Mayenne	34	882	834	11,321
Meurthe-et-Moselle.	196	4,126	3,645	61,674
Meuse. .	25	812	265	8,258
Nord	1,578	22,662	18,071	421,886
Oise. . .	467	8,445	8,074	209,988
Orne	193	2,877	2,592	57,415
Pas-de-Calais . . .	611	15,704	11,974	150,581
Puy-de-Dôme	22	164	153	1,546
Pyrénées (Basses-).	186	4,491	3,713	54,615
Saône-et-Loire.	29	285	345	4,725
Sarthe. .	46	734	734	20,194
Savoie.	4	95	78	1,908
Seine-Inférieure	101	5,491	4,652	67,978
Seine-et-Marne. .	161	2,527	2,174	28,934
Seine-et-Oise .	497	10,909	8,045	278,245
Sèvres (Deux-). .	120	1,200	1,003	16,602
Somme	459	9,139	8,126	152,063
Tarn-et-Garonne.	1	28	26	272
Vaucluse. .	3	268	242	5,187
Vienne	16	193	166	3,579
Vienne (Haute-) .	1	65	60	1,292
Vosges	26	815	558	15,582
Yonne. . .	264	5,515	5,072	113,492
Alger	46	1,700	1,068	11,142
	8,033	177,040	143,272	2,964,352

Dans quarante-neuf conseils généraux, à la session dernière, le préfet, l'inspecteur d'académie, le président de la commission départementale, ou le conseiller général rapporteur de la commission des finances ou de la commission de l'instruction publique, et souvent plusieurs de ces autorités concurremment, ont présenté des rapports très-affirmatifs en faveur des Caisses d'épargne scolaires, en mettant en évidence les résultats de l'expérience locale, constatés dans les Caisses d'épargne du département.

Dans ces précieux témoignages, les préfets et les inspecteurs d'académie rapportent plus spécialement les observations intimes et quotidiennes des instituteurs, des inspecteurs primaires et des délégués cantonaux ; les conseillers généraux se font, d'autre part, les interprètes de l'opinion publique, surtout des familles des écoliers, et tous s'accordent à reconnaître d'abord « que les résultats obtenus sont bien faits pour frapper les moralistes aussi bien que les économistes, par l'influence qu'exercent sur le moral des élèves, les habitudes d'ordre, de comptabilité régulière, de sobriété, de résistance aux attraits futiles ou malsains », — pour emprunter les termes mêmes de quelques-uns des rapports.

Ces rapports constatent ensuite que la Caisse d'épargne scolaire n'est vraiment éducative et même praticable qu'à la condition de suivre exactement, sans l'altérer, la méthode qui a été établie et fonctionne avec succès depuis 1874 dans plus de huit mille écoles de France.

La méthode, on le sait, a été formulée en 1874, après des études approfondies des divers procédés consacrés ou condamnés par l'expérience dans les pays où l'institution avait déjà été mise en œuvre, notamment en Allemagne, en Italie, en Suisse, en Hongrie, en Belgique et en Angleterre.

Cette opinion des conseils généraux, soit sur l'influence morale reconnue des caisses d'épargne scolaires, soit sur la valeur de la méthode, est unanime sans aucune exception.

2. *Méthode.* — La Méthode, pour la Caisse d'épargne scolaire comme pour les autres institutions d'éducation et de prévoyance, c'est l'institution même. L'expérience a démontré ici, plus qu'ailleurs peut-être, que la Méthode est une condition essentielle du succès et du bienfait. Il faut ici ne demander à l'instituteur qu'un travail court et facile, et ne pas lui imposer une responsabilité incompatible avec sa situation il

faut de plus que l'écolier apprenne le mécanisme réel de la Caisse d'épargne, tel qu'il continuera à l'utiliser plus tard, après sa sortie de l'école et son entrée dans la vie d'ouvrier.

Il faut rendre l'institution vraiment palpable à l'écolier, en mettant dans ses mains le livret ordinaire de grande Caisse d'épargne, livret qu'il s'est acquis lui-même par les premiers efforts de sa volonté virile, et qu'il conservera toute sa vie comme l'outil de son bien-être et peut-être de sa fortune; car, dans cette institution, il s'agit moins de donner à l'enfant l'occasion de former un pécule pour sa majorité, que de lui donner le moyen de se former lui-même ouvrier sobre, économe, réglé, prévoyant.

C'est grâce à la Méthode que l'exercice de l'épargne s'est rapidement propagé dans les écoles et tend à s'y généraliser; car c'est la Méthode qui a permis au dévouement des instituteurs d'accepter cette tâche nouvelle sans crainte de se compromettre, et avec la certitude de concourir à une grande œuvre d'éducation.

Voici les règles principales de la Méthode :

Le directeur de l'école, après s'être concerté avec l'inspecteur primaire, se met d'accord avec l'administration de la Caisse d'épargne voisine pour le jour et l'heure de chaque mois où il viendra faire ses opérations, soit à la Caisse d'épargne, soit à l'une des succursales, soit à un bureau de poste ou de perception dûment autorisé à opérer comme auxiliaire de la Caisse d'épargne.

Si l'administration de la Caisse d'épargne voulait imposer une manière de procéder qui altère la Méthode, l'instituteur devrait s'abstenir plutôt que de se prêter à un mode de comptabilité trop onéreux et dangereux pour lui. Mieux vaut attendre que de faire une fausse Caisse d'épargne scolaire.

L'instituteur, bien assuré que la Caisse d'épargne veut franchement cette œuvre et donne les facilités nécessaires, remet à chacun de ses élèves, et, mieux encore, leur fait copier une Notice de quelques lignes, qui se trouve dans le Manuel, et qui a pour but de faire connaître aux élèves et surtout à leurs parents l'objet, le mécanisme et les avantages de la Caisse d'épargne scolaire, précaution très-utile pour prévenir les malentendus.

Il se procure les modèles de comptabilité (qui coûtent 8 fr. 80 c. pour une école d'environ cent élèves) par une allocation de la commune ou de la Caisse d'épargne, ou par le don de quelque notable de la localité; au besoin, il peut faire exécuter ces modèles par ses élèves comme exercice graphique.

Il fait connaître alors à ses élèves qu'à partir de tel jour il recevra chaque semaine leurs petites épargnes, si modique que soit la somme, mais non pas supérieure à cinq francs; et que, une fois par mois, les versements du mois de chacun des élèves qui ont épargné un franc ou plus seront transmis en francs ronds pour chaque élève, par l'instituteur, à la Caisse d'épargne de la localité, et inscrits par les employés de la Caisse d'épargne, pour chaque élève, sur un *livret ordinaire* de déposant. Ce livret constitue l'élève créancier de la grande Caisse d'épargne, et exonère l'instituteur de toute tâche et de toute responsabilité à cet égard. Ce livret, où l'enfant se voit traité en homme parce qu'il fait là acte d'homme, est l'instrument éducatif de l'enfant, et aussi parfois de sa famille.

Lorsqu'en vue de quelque dépense utile, pour laquelle l'épargne a peut-être été faite, parfois même pour venir en aide à sa famille dans un moment de gêne, un élève veut retirer tout ou partie de son avoir déposé à la Caisse d'épargne, il lui suffit de l'intervention de son représentant légal (père, mère, — tutrice ou tuteur).

Les dépôts d'épargne doivent toujours être remboursables : c'est un des principes fondamentaux de la Caisse d'épargne; et il importe en outre que l'élève qui a épargné des sous dont il pouvait librement user ne redoute pas une sorte de confiscation, mais qu'il soit au contraire encouragé par l'assurance de retrouver le fruit de ses privations pour une dépense utile, pour une aide à sa famille; pensée morale et qui inspire aussi la notion exacte de la vie économique : se priver aujourd'hui sur des futilités pour pouvoir, plus tard, demain peut-être, faire face à des nécessités.

A l'occasion de l'exercice de l'épargne, l'instituteur fera bien de rappeler de temps en temps et de commenter ces observations générales, pour bien imprimer dans les esprits de ses élèves et de leurs familles une idée nette du caractère de la Caisse d'épargne scolaire.

Voici maintenant les procédés de fonctionnement :

I. — Une fois par semaine, à jour fixe, de préférence le mardi, au commencement de la classe du matin, l'instituteur préside à l'*exercice de l'épargne*. Cette périodicité régulière favorise l'habitude chez les élèves; elle convient aussi au bon ordre de la classe et économise du temps.

II. — L'instituteur a devant lui, sur son bureau, le *registre de la Caisse d'épargne scolaire,* cahier dont chaque page, destinée au compte particulier d'un élève, porte en tête le numéro du folio du registre, le nom de l'élève, et le numéro de son livret de la grande Caisse d'épargne (quand ce livret a été obtenu). Chacune de ces pages présente douze colonnes verticales pour les mois de l'année, et des lignes horizontales pour les jours du mois, c'est-à-dire autant de cases que de jours de l'année. Si l'instituteur adopte pour l'exercice de l'épargne un seul jour par semaine, il pourra réduire à cinq les lignes horizontales.

III. — Il peut avoir un journal, ou main-courante, pour y inscrire à mesure les versements reçus pendant le cours de chaque séance, et se faire ainsi un contrôle de ses opérations.

IV. — A côté de l'instituteur, un adjoint ou un élève désigné à tour de rôle parmi les meilleurs de la classe tient un *feuillet volant* qui, sur le *recto,* est un fac-simile d'une page du registre. Ce feuillet sera remis à l'élève déposant comme duplicata de son compte de la Caisse d'épargne scolaire, duplicata qui est une garantie pour l'instituteur et pour les parents de l'élève. Sur le *verso* de ce feuillet, on peut utilement faire imprimer la courte *Notice* du Manuel expliquant, en quelques lignes, le but et le fonctionnement de la Caisse d'épargne scolaire.

V. — Les choses ainsi disposées, chaque élève épargnant se présente à tour de rôle et dépose sur le bureau de l'instituteur la petite somme qu'il veut mettre à l'épargne.

VI. — Immédiatement, à chaque dépôt, l'instituteur inscrit la somme sur le registre, à la page afférente à l'élève ; il s'assure que la même inscription est faite sur le feuillet-duplicata, qu'il remet à l'élève, en invitant l'élève à rapporter son feuillet à chaque nouveau versement. Cette opération hebdomadaire, bien réglée, ne prend pas trente minutes pour soixante élèves.

Tel est le fonctionnement à l'intérieur de l'école. Aussi faciles et précis sont les rapports de l'instituteur avec la grande Caisse d'épargne de la localité qui recevra chaque mois le franc ou les francs ronds des épargnes individuelles des élèves, de manière que l'instituteur n'aura jamais dans son tiroir, sous sa responsabilité, qu'une somme modique, les menus appoints de francs.

VII. — Dans les premiers jours de chaque mois, l'instituteur, à chaque page du registre, c'est-à-dire pour chaque compte d'élève, fait l'addition des menus versements inscrits dans la colonne du mois ; si le total n'atteint pas un franc, il reporte le chiffre des centimes au haut de la colonne du mois suivant, puisque cette somme s'ajoute aux versements à venir. Si le total dépasse un franc ou des francs ronds, il fait le même report pour les centimes et inscrit le franc ou les francs ronds sur un bordereau destiné à la grande Caisse d'épargne.

VIII. — Dans ce bordereau mensuel, il note, pour chaque élève à inscrire, le numéro matricule du registre, le nom de l'élève et le numéro de son livret de grande Caisse d'épargne (si ce livret a été déjà obtenu).

IX. — Pour les élèves qui n'ont pas encore de livret, il les inscrit sur un bordereau spécial contenant, outre la date et le lieu de naissance de chaque élève, les noms et la demeure de son représentant légal.

X. — L'instituteur totalise les sommes à verser à la Caisse d'épargne, il date et signe le bordereau, qu'il porte à la Caisse d'épargne, avec l'argent et avec les livrets des élèves épargnants déjà titulaires de livrets. Il doit garder minute des bordereaux.

XI. — La Caisse d'épargne inscrit les dépôts relatifs sur des livrets individuels, aux nom et compte des élèves ; et dès lors, pour ces dépôts et par ces livrets individuels, se trouve dégagée la responsabilité de l'instituteur.

XII. — Les livrets sont remis ou rendus par la Caisse d'épargne à l'instituteur ; et cela peut s'effectuer dans la séance même.

XIII. — L'instituteur, pour le bon ordre, garde les livrets de ses élèves ; toutefois, le lendemain de tout versement nouveau, il doit confier pour un jour à chaque élève le livret portant inscription de la somme récemment versée à la grande Caisse d'épargne, afin que l'élève montre son livret à sa famille. Par là, ses parents sont mis à même de constater la régularité des choses ; ils suivent les progrès d'économie de l'enfant, et, de plus, ils se trouvent provoqués, pour leur propre édification, à faire parler l'élève sur l'enseignement de l'instituteur, et à connaître et apprécier le *livret* de Caisse d'épargne, le livret ordinaire, qui leur rend palpables l'institution et tous ses avantages. L'influence de cette propagande intime et instinctive est constatée dans des rapports officiels présentés dans ces dernières années aux parlements d'Angleterre, de Belgique, d'Italie ; et dans les rapports présentés à nos conseils généraux par les autorités locales les mieux à même de voir les faits.

XIV. — Quand un élève veut retirer tout ou partie de son avoir, il lui suffit d'obtenir l'intervention de son représentant légal, qui signe sur le livret avec l'instituteur et l'agent de la Caisse d'épargne.

XV. — Quand un élève quitte l'école, le compte est facile à régler : l'instituteur remet au représentant légal le livret de grande Caisse d'épargne et, s'il y a matière, les fractions de franc qui peuvent se trouver en attente dans la petite Caisse d'épargne scolaire. De tout quoi, reçu est donné sur le registre de l'école, à la page affectée à l'élève. L'instituteur avise la Caisse d'épargne que l'élève a quitté l'école, et que son livret a été remis à son représentant légal.

Comme on le voit, tout a été combiné pour satisfaire à ces trois conditions : rendre le mécanisme aussi facile et aussi sûr que possible ; — réduire au minimum la tâche et la responsabilité des instituteurs ; — et donner à la Caisse d'épargne scolaire toute sa valeur éducative.

3. *Altérations de l'institution et dangers qui peuvent en résulter.* — Nous devons dire quelques mots de certaines tentatives faites pour altérer la Méthode, et imaginées, au détriment de l'instituteur, par quelques employés de Caisse d'épargne, dans le seul but de diminuer leur besogne et de rejeter leur tâche et leur responsabilité sur l'instituteur. Telle est la combinaison dite du *livret collectif*. Dans trois départements, le Nord, le Jura et l'Aube, où des tentatives de ce genre s'étaient produites, les conseils généraux se sont prononcés par des rapports et des délibérations fortement motivées contre les altérations de la Méthode. Dans le Nord, il a suffi d'une remontrance du conseil général, interprète du sentiment de la population, et édifié par les autorités locales compétentes, par le préfet et l'inspecteur d'académie, pour ramener les choses à l'ordre, à l'observation des lois statutaires des Caisses d'épargne, c'est-à-dire au maintien des règles de la Méthode des Caisses d'épargne scolaires. Dans le Jura, le conseil général, après avoir constaté le bon fonctionnement et le succès des Caisses d'épargne dans trois arrondissements où la Méthode est régulièrement suivie, a fait ressortir le mauvais état des choses dans un arrondissement qui forme la circonscription d'une Caisse d'épargne mal inspirée et obstinée à vouloir imposer aux instituteurs le livret collectif ; et il a émis le vœu que dans la localité où est établie cette Caisse d'épargne on créât une seconde Caisse d'épargne, plus intelligente de ses devoirs et des intérêts publics, et destinée à rendre les services aujourd'hui refusés par l'unique Caisse existante.

Nous croyons être utile aux instituteurs et même aux Caisses d'épargne en relatant ici le rapport approuvé par le vote récent du conseil général de l'Aube, et dont l'auteur est un des présidents à la Cour des comptes, M. le président Roy, c'est-à-dire un des magistrats les plus compétents en ces matières d'administration et de comptabilité.

Après avoir exposé le grand et heureux développement des caisses d'épargne scolaires dans l'ensemble du département de l'Aube, le conseiller général rapporteur constate que dans l'un des arrondissements l'institution, prospère d'abord, a tout à coup décliné : dix-neuf caisses d'épargne scolaires ont cessé de fonctionner.

« Nous avons dû rechercher les causes de cette déchéance, dit M. le président Roy ; elle n'est imputable ni au manque de bonne volonté des élèves, ni au défaut de zèle des maîtres, mais leurs bonnes dispositions ont été entravées par les mesures prises par la Caisse d'épargne centrale. Afin d'éviter le travail de la tenue des livrets et du règlement des intérêts, l'administration de cette Caisse n'a délivré qu'un livret collectif par école ; elle s'est ainsi déchargée sur l'instituteur du soin de tenir les comptes individuels des élèves, en un mot d'accomplir des opérations multiples et délicates pour un instituteur. Ce procédé est-il bon ? est-il même légal ? — Au point de vue du but à atteindre, la pratique suivie par cette caisse est des plus regrettables ; dans ce système, en effet, l'enfant n'est plus titulaire de son livret ; il ne peut se rendre un compte exact du mécanisme de la Caisse d'épargne ; et de plus son exemple est perdu pour ceux qui l'entourent, car il ne peut plus porter au foyer domestique ce précieux livret, qui plus d'une fois a été pour la famille la meilleure et la plus efficace des invitations à l'épargne. — Au point de vue de l'instituteur, le livret collectif présente les plus graves inconvénients : non-seulement il oblige l'instituteur à un travail auquel il n'est pas préparé et qu'il ne peut accomplir sans une grande perte de temps, mais il est surtout compromettant pour le maître, que la médisance pourrait atteindre.…. Je ne fais que toucher à ce point capital, persuadé, Messieurs, que vous m'avez compris. — Au point de vue légal, l'obligation du livret collectif, imposé par la Caisse centrale, nous a paru constituer un excès de pouvoir : l'ordonnance-type des Caisses d'épargne sur laquelle sont modelés les statuts de tous ces établissements leur impose le devoir de délivrer un livret à tout déposant de la somme de un franc. Pour quel motif une Caisse d'épargne se dispenserait-elle de ce devoir? Une Caisse d'épargne est avant tout un établissement d'utilité publique, jouissant de priviléges ; ce n'est point une maison de banque qui choisit ses déposants ; elle doit être ouverte à tous les dépôts, et surtout aux plus modestes... »

Le conseil général a décidé que ce rapport serait porté à la connaissance de tous les instituteurs du département, et transmis par le préfet à l'autorité supérieure, qui a aussitôt rappelé la Caisse d'épargne à l'observation de sa loi statutaire.

Ce rappel à l'ordre a condamné aussi par le fait quelques Caisses d'épargne qui avaient tenté de refuser tout versement d'élève qui n'atteignait pas cinq francs : mesure illégale, et qui avait pour conséquence d'aggraver au quintuple la responsabilité de l'instituteur.

Un rapport officiel du gouvernement italien, en date du 1er août 1878, passant en revue diverses suggestions relatives à la méthode établie en France et suivie en Italie, se prononce par les mêmes arguments contre le livret collectif d'école, et aussi contre d'autres altérations essayées : ainsi il condamne comme dangereuse la pratique primitive des troncs (*cassettini chiusi*), instruments coûteux, compliqués, sujets à des erreurs, à des équivoques ; inutiles, si l'on fait usage de la comptabilité ouverte réglée par la Méthode, et dangereux en tous cas en exposant aux risques de vol ou d'incendie les espèces déposées.

Une expérience décisive vient de prononcer contre cette pratique. Il y a quelques mois, dans une de nos villes de France, on avait voulu essayer le procédé des troncs ou tirelires : dans près de deux cents écoles on avait fait la dépense très-onéreuse de meubles ayant autant de compartiments à troncs que d'élèves. Dans plusieurs écoles, ces troncs ont été volés par ruse ou même par effraction ; et les promoteurs de cette combinaison viennent d'abandonner résolûment ces meubles pour adopter la comptabilité ouverte de la méthode qui, en 1874, a été formulée et établie en France, et qui fonctionne aujourd'hui avec une régularité irréprochable dans plus de huit mille écoles.

Telles ont été aussi les opinions des membres du Congrès international des institutions de prévoyance, où se sont rencontrés les hommes d'État, de science et d'administration les plus autorisés en ces affaires.

A ce Congrès international de 1878, — aussi bien que dans les rapports et les délibérations de nos conseils généraux des dernières sessions, — on a fait ressortir combien il importe que l'écolier reçoive pour son épargne, dès l'école, un livret ordinaire, son livret d'homme, de telle sorte qu'à sa sortie de l'école il continue ses habitudes d'économie sans changer d'instrument d'épargne. Car, si le livret délivré à l'écolier était différent du livret de l'apprenti et de l'ouvrier ; si, au sortir de l'école, au moment où la vie libre s'ouvre au jeune homme avec tous les entraînements de l'âge ardent et du milieu nouveau ; si, à ce moment critique qui décide de l'avenir d'un ouvrier, on rompt le fil qui le liait à la Caisse d'épargne ; si on l'embarrasse des formalités d'un changement de livret pour continuer ses économies, on risque fort de voir se perdre les meilleurs effets de l'éducation donnée par la Caisse d'épargne scolaire, et les administrations des Caisses d'épargne perdraient ainsi un des effets de la Caisse d'épargne scolaire les plus précieux pour leur fortune, c'est-à-dire l'accroissement de leur clientèle par les écoliers devenus ouvriers à la génération prochaine.

Et puis, le livret ordinaire, ce livret d'homme, délivré à l'écolier, est l'instrument de propagande dans la famille, auprès des parents : il rend la Caisse d'épargne palpable dans tous ses avantages, bienfait moral et positif qu'une Caisse d'épargne aurait doublement tort de méconnaître.

On peut rappeler en définitive aux Caisses d'épargne que, pour leur propre fortune, le petit surcroît de dépenses que peut entraîner le travail des livrets des élèves est déjà largement compensé, sans attendre la génération prochaine, par la propagande que les instituteurs, les autorités locales, les assemblées départementales et municipales, les journaux et les livrets des élèves introduits dans les familles ont faite dans ces cinq dernières années à l'occasion des Caisses d'épargne scolaires.

Il en est résulté cet avantage, au point de vue même de la fortune des Caisses d'épargne, que le produit de la retenue de 25 à 50 centimes par 100 francs de dépôts, ressource normale des Caisses d'épargne, est devenu en 1876 de plus en plus supérieur aux dépenses administratives ; qu'ainsi les frais nouveaux qu'ont pu exiger les Caisses d'épargne scolaires et les autres améliorations de service provoquées par le mouvement de l'opinion publique depuis 1874 ont été largement couverts par la plus-value des dépôts, qui se sont accrus (par une progression sans précédent) de 573 millions de francs à plus d'un milliard aujourd'hui (janvier 1879). Voici en effet ce qu'établissent les statistiques officielles de l'ensemble des Caisses d'épargne de France :

	PRODUIT de la retenue pour l'année.	DÉPENSES administratives pour l'année.	SOMME des dépôts au 31 décembre.	
1873.	1,993,470 fr.	2,106,429 fr.	585	millions.
1874.	2,092,872	2,198,386	573	—
1875.	2,296,706	2,319,510	660	—
1876.	2,655,610	2,547,764	769	—
1877.			862	—

Cette amélioration de fortune des Caisses d'épargne de France aurait été plus marquée encore si certaines caisses, quelques-unes importantes, mal organisées, depuis longtemps en mauvaise situation, ne pouvant ainsi ou ne sachant pas réformer et étendre leurs services, se croyant même impuissantes à favoriser les Caisses d'épargne scolaires, ne présentaient de gros déficits annuels, c'est-à-dire un revenu normal très-inférieur aux dépenses.

Ainsi, par exemple, si l'on met à part une seule Caisse d'épargne qui, depuis vingt ans, est dans une situation anormale, et qui ne s'est pas encore remise à flot (suivant l'expression d'un ancien ministre du commerce signalant au parlement cette situation même), on voit que, pour les autres Caisses d'épargne de France, le tableau statistique ci-dessus est, à tous égards, amélioré comme il suit :

	PRODUIT de la retenue pour l'année.	DÉPENSES administratives pour l'année.	SOMME des dépôts au 31 décembre.	
1873.	1,720,154 fr.	1,686,868 fr.	499	millions.
1874.	1,811,543	1,783,894	535	—
1875.	1,998,799	1,909,972	620	—
1876.	2,332,080	2,117,006	726	—
1877.			815	—

Cette amélioration de fortune des Caisses d'épargne de France est surtout remarquable dans les départements où les Caisses d'épargne scolaires ont été d'abord établies et en plus grand nombre : ce qui autorise à dire que déjà les Caisses d'épargne scolaires font la fortune des Caisses d'épargne, sans parler de l'avenir qui recevra par les Caisses d'épargne scolaires une génération nouvelle profondément améliorée, une plus large clientèle de déposants adultes, fructueux pour les Caisses d'épargne. Il importe que les instituteurs, les autorités scolaires, les autres notabilités locales, puissent présenter ces arguments d'expérience aux administrateurs des Caisses d'épargne ; et l'on ne saurait trop insister sur ce point, sensible à l'intérêt personnel, à l'intérêt légitime, de ces administrations.

4. *Perfectionnements proposés.* — S'il faut préserver les Caisses d'épargne scolaires des altérations inspirées par des intérêts privés mal entendus, il ne serait pas bon d'écarter absolument toute suggestion nouvelle : toute œuvre humaine est perfectible ; seulement il convient de n'admettre les combinaisons nouvelles qu'avec réserve, et surtout après s'être assuré qu'elles se déduisent bien de l'esprit de l'institution.

Ainsi, nous recommandons la combinaison des *bons points-centimes*, qui a été expérimentée d'abord, en 1875, à l'école communale de Sannois (Seine-et-Oise), et qui s'est ensuite propagée avec un même succès dans diverses parties de la France.

Ces bons points-centimes sont ordinairement donnés par les conseils municipaux ou les personnes bienfaisantes qui avaient coutume autrefois de donner aux élèves méritants, le jour de la distribution des prix, des livrets de Caisse d'épargne gratifiés de cinq, dix ou vingt francs. C'est une transformation ingénieuse et plus efficace des dons de livrets de Caisse d'épargne aux écoliers.

Voici le mécanisme : l'instituteur reçoit la somme allouée ; il l'aménage pour dix mois ou pour quarante-quatre semaines. Et, dans le cours de chaque semaine ou de chaque mois, il distribue aux élèves méritants la quantité de *bons points-centimes* dont la valeur est disponible pour la période.

Ces *bons points-centimes* sont de : un centime, dix centimes, vingt-cinq centimes et cinquante centimes. Bien peu coûteux sont les frais pour la confection et l'impression de ces petits cartons qui remplacent d'ailleurs les anciens *satisfecit*.

Chaque carton est d'une couleur différente, suivant la valeur qu'il représente ; il porte une inscription dans ce genre :

École communale de Bourgneuf.

1 bon point = 1 centime.

Les bons points-centimes délivrés aux élèves se réalisent chaque mois, quand l'instituteur prépare son bordereau de la Caisse d'épargne scolaire. A ce moment, les élèves sont invités à présenter leurs bons points-centimes ; pour chaque élève, l'instituteur inscrit la somme comme un dépôt ordinaire qui serait fait en espèces à la Caisse d'épargne scolaire ; et, de plus, il la note sur un *Journal spécial des bons points payés*, qui lui sert de comptabilité et de contrôle.

A la fin de l'année scolaire, à la distribution des prix, l'instituteur fait sur son *Journal des bons points payés* le relevé des bons points gagnés par chaque élève ; et la liste de ces totaux annuels de récompenses quotidiennes est lue au palmarès. Cette liste, ainsi publiée, constitue d'ailleurs une sorte de compte rendu public de la gestion du fonds alloué.

Pour une école de deux cents élèves, la somme allouée pour l'année est ordinairement de 100 fr.

Voici les avantages et le bienfait de cette pratique, d'après l'expérience :

Le bon point-centime, remplaçant l'ancien *satisfecit*, rehausse la récompense par une valeur réelle. L'autorité du maître en est accrue, soit aux yeux de l'enfant, soit aux yeux des parents, qui prennent dès lors plus d'intérêt à la bonne conduite, à l'exactitude et au travail de l'élève en dehors de la classe.

Les bons points-centimes remplacent en détail et au jour le jour la récompense autrefois donnée en gros une fois l'an sous la forme d'un livret de Caisse d'épargne de cinq francs ou plus ; ils rendent plus sensible à l'élève la récompense accordée à ses mérites ; ils rapprochent la récompense de chacun des actes méritoires, suivant l'esprit à courte visée de l'enfant ; et les mérites de l'écolier sont d'ailleurs ainsi récompensés deux fois : au jour le jour, presque à l'instant de chaque acte louable ; et, ensuite, à la fin de l'année, à la distribution des prix, par un rappel d'ensemble des centimes gagnés pendant les dix mois scolaires, quand le palmarès publie la liste des élèves gratifiés de bons points et les sommes gagnées par chaque d'eux dans tout le cours de l'année.

5. *Les Caisses d'épargne scolaires à l'étranger.* — Les rapports officiels des parlements d'Angleterre, d'Autriche-Hongrie et d'Italie nous font connaître que le succès des Caisses d'épargne scolaires de France a excité, à l'étranger, l'intérêt et l'émulation des hommes d'État et des personnes soucieuses des progrès sociaux. En Angleterre, le *Post-Office*, en 1876, a pris à sa charge les frais des imprimés et même de notices pour la propagande. En Italie, la loi du 27 mai 1875 sur les Caisses

d'épargne postales a accordé des priviléges et ménagé des primes pour les directeurs des écoles qui auront coopéré le plus efficacement aux Caisses d'épargne scolaires, surtout en considération du « bon effet éducatif obtenu ». En Autriche, un membre du parlement, M. le docteur Roser, secondant l'œuvre d'une Société générale (*Sparverein für Kinder*), s'est dévoué depuis 1877 à doter les écoles de son pays de ce nouveau service ; et en Hongrie, M. le conseiller royal Franz Weisz, président de l'Académie commerciale, a pris à cœur de réaliser le vœu testamentaire de son ami Franz Deak. Même mouvement en Allemagne et dans les autres pays du Nord, en Espagne et en Portugal. Le souverain du Brésil a rapporté l'idée et l'institution de son récent voyage d'Europe ; et aux États-Unis, M. Townsend, de New-York, vice-président de la plus importante de toutes les Caisses d'épargne d'Amérique, disait tout récemment au Congrès des institutions de prévoyance, comment il avait introduit la question en Amérique : « En m'autorisant des heureuses expériences des pays d'Europe, notamment de la France, j'ai recommandé cette institution, cette nouvelle branche d'éducation populaire, dans mon mémoire lu au congrès de l'Association américaine de la science sociale, à Saratoga Springs, le 6 septembre 1877, et j'ai lieu de croire que mes paroles ont été bien entendues. »

En nous adressant aux instituteurs, nous pensons nous adresser aussi aux institutrices. Dans la prévoyance, les femmes ont un rôle peut-être plus considérable encore que les hommes. Dans les ménages d'ouvriers et d'artisans, c'est la femme qui est chargée de faire et de régler la dépense dans les détails ; c'est donc elle surtout qui peut faire les économies courantes ; c'est elle qui peut aussi, par le menu, amasser les sommes nécessaires aux grosses dépenses éventuelles ou périodiques, loyers, vêtements, approvisionnements, etc. Et c'est pourquoi un vieil adage dit que la femme ruine ou élève la maison. Il est donc de la première importance de former les jeunes filles aux habitudes d'ordre, d'économie, de prévoyance.

Suivant nos conseils, nos Caisses d'épargne scolaires de France sont aussi bien répandues dans les écoles de filles que dans les écoles de garçons. Et, en 1876, le gouvernement anglais, revisant le Code de l'éducation de 1870, et voulant introduire l'enseignement régulier de l'épargne dans les écoles, a commencé par inscrire les *Saving Banks* dans le programme des écoles de filles.

Observation intéressante autant qu'honorable pour de corps de l'enseignement de France : A la différence de ce qui s'est vu en quelques pays étrangers, les instituteurs en France se sont montrés les coopérateurs les plus empressés et constamment dévoués pour les Caisses d'épargne scolaires ; dans un grand nombre de départements, les inspecteurs d'académie et les inspecteurs primaires ont pris l'initiative et ont rencontré dans les instituteurs un concours franc et soutenu. Dans aucune localité de France, — le fait mérite d'être noté ici, — les autorités scolaires n'ont refusé d'accueillir et de favoriser cette nouvelle branche d'éducation, laissée pourtant à leur libre vouloir. Quand les inspecteurs d'académie, les inspecteurs primaires ou les instituteurs ont résisté, c'est seulement dans les localités — heureusement très-peu nombreuses — où certaines Caisses d'épargne, mal inspirées, ont voulu imposer aux instituteurs des procédés défecteux ou dangereux, contraires à la Méthode, c'est-à-dire de fausses Caisses d'épargne scolaires ; et, à l'occasion, nous avons nous-même encouragé cette sage résistance. Mais, nulle part, en France, un membre de l'enseignement ne s'est refusé à servir la vraie Caisse d'épargne scolaire.

Il est juste aussi de reconnaître que, sauf quelques rares exceptions que nous avons dû indiquer ici, mais sans les nommer, les administrateurs de nos Caisses d'épargne se sont faits les patrons dévoués, souvent les promoteurs, de l'institution nouvelle, et plusieurs dès le début même de notre entreprise d'amélioration nationale. Nous serons heureux de leur rendre cette justice dans l'*Histoire générale des Caisses d'épargne,* que nous préparons, en mettant en œuvre nos études et nos travaux de missions en France et à l'étranger depuis dix ans. Le devoir nous sera doux de nommer alors tous les hommes d'intelligence et de cœur qui ont concouru à cette œuvre de rénovation sociale, à cet effort heureux de relèvement national, dont nos Caisses d'épargne, comme nos conseils généraux et nos municipalités, peuvent revendiquer une bonne part.

A cet ordre d'améliorations sociales se rattache l'institution des *Bureaux d'épargne des manufactures et ateliers,* fondée en France en 1876, et expérimentée avec succès, d'abord dans les manufactures de l'État. Ce sera l'objet d'un prochain article.

Nancy, imp. Berger-Levrault et Cie.